郵便はがき

料金受取人払

大崎局承認

2886

差出有効期間
平成15年4月
24日まで
(切手不要)

141-8790

115

東京都品川区上大崎2－13－35
ニューフジビル2階

今日の話題社 行

■読者の皆さまへ

ご購入ありがとうございます。誠にお手数ですが裏面の各欄にご記入の上、ご投函ください。
もれなく最新の小社出版案内をさしあげます。

お名前	男 女	才
ご住所 〒		
ご職業	学校名・会社名	

今日の話題社・愛読者カード

ご購入図書名

ご購入書店名

※本書を何でお知りになりましたか。
イ　店頭で（店名　　　　　　　　　　）
ロ　新聞・雑誌等の広告を見て
（　　　　　　　　　　）
ハ　書評・紹介記事を見て
（　　　　　　　　　　）
ニ　友人・知人の推薦
ホ　小社ＤＭを見て
ヘ　その他（　　　　　　　　　　）

※本書について
内容　　　（大変良い　良い　普通　悪い）
デザイン（大変良い　良い　普通　悪い）
価格　　　（大変良い　良い　普通　悪い）

※本書についてのご感想（お買い求めの動機）

※今後小社より出版をご希望のジャンル・著者・企画がございましたらお聞かせ下さい。

出版したい原稿をお持ちの方は、弊社出版企画部までご連絡下さい。

光呼吸

Organic Poem

THE POETICAL WORKS OF TOKINO

時野慶子

画・長谷川曜大

今日の話題社

風　光る

光《フォース》
宇宙《コスモス》
光《フォース》
星《アステール》
風は　光る
水惑星をまわして
高光る
水平線のかなたから
吹きぬけてくる　青い呼吸
エウロス　　南東風の神よ　風を守り
ボレアース　北風の神よ　風を送り
ゼピュロス　西風の神よ　風の色を生む
かぜのいろは
父母《かぞいろは》　遠くから　風の音《と》の
光《フォース》
宇宙《コスモス》
吹きぬける　青い呼吸に　いのち光る

光呼吸

目次

呼吸する詩　アルファ　風　光る

4　アジアの呼吸

5　いのちの終わりへの呼吸

いのちの呼吸

風の礼拝《れいはい》　little news

いのちの声
　羊水海から　うちあげられ
愛を　ゆっくりとまわす
　愛
　　あいし
　愛
　　かなし
　愛
　　いとし
愛の　ことばの回転に
すべての地球の風が礼拝するの
　愛し
　　かなし
　いとし
　　いとほし

愛が　ゆっくりとまわる
　てのひらのうえ
愛を　あふれるほど
　まわす　この　いのちの声に
礼拝する
　太陽や
月の
　運行を誰が知っているの
愛は　こぼれることなく
ひとびとのてのひらで　まわりつづける
その声は
　いま　遠い
　　　とおい
　　　暗い
　　　くらい
　　　羊水海からの道を　通ってきたの

愛し
愛　する
声の

ひとこきゅうが
すべての方位を呼んで
にし
ひがし
みなみ
きた
　　波をこえ
　星のなみだをぬぐって
めぐって　きた

愛
　かなし
愛
　いとほし
　いとし
愛は　まわりつづける
とおく　まで
いのちの声は
　愛を　まわしつづける
愛の　まわるところに
風たちが礼拝し

みなみのひざが
　つちにふれ
ひがしの声が
　みどりを呼ぶ
にしのひとみに
　地球はみつめられ
きたのむねは　ひんやりと
　いま　この声をはこぶ

風となって
礼拝のおとが
　礼拝のこきゅうが
地球をまわっている
　そのそくどは
こどもたちのてのひらの
　愛を　まわし
　愛が　あふれる
その水を
　地球の人地に還し
還ってきた　命の
　いのちの声が

愛を　まわしつづける
　愛
　愛し
　あい
　かなし
　いとし
いとしいその声に
千年さきの雨までが
ふりつづける約束をかわすだろう

風
　ひざまずき
それぞれの方位
　そろって立ちあがる
あい
あ　い　し　て　い　る
愛し
　愛する
あいの　いとほし
愛に　せおわれてきた

ひかりの息と
　いのちの声に
空が　ほほえみ
　波がすべて
ここへ　よせて
愛を　ゆっくりとまわすとき
　　　　むこうがわで
　　　　なにかが
　　　　ゆっくりと
　　　　動いて
　　　　まわって
　　　　舞う
風たちの耳にはきこえる
　　　　むこうがわの声を
伝える
　いのちの声の
愛し
愛《かな》し
愛《いと》し　いとほし

Red

ちいさな　I　が　　　　I am
I am
I come
I am
I come
きんいろの卵の殻を
コツコツとノックして
いま　宇宙の流れから
還ったばかり
I am　と
星語ではなしている
I come　と
光のいんりょくをはこんでいる
red　子宮にみちる
朝焼けのいろ

I am
　I come
I am
　I come
鼓動のはじまりは
　red
　red
　red
ぬくい血でみたせよ
　血液の旋律に
心臓がぬれる
　原水《ナラ》にまかれた
光のたね　発芽し
　うちはじめたばかりの　鼓動
あい　あむ　あい　あむ　あい　あむ
　愛　am　I　編む　I　あむ　愛　編む
　　I　編む　red　愛　編む　red
子宮にみたされた　朝焼けのいろで
　心臓をあらおう
なんまんこうねんかかって

染めあげた
血液の　あかい旋律に
光　はじける
朝がはじける
ちいさな光の　I　が　はじける

I am
I come
I am
I come
愛　あむ　会い　あむ
am I? am I? am I?
わたしの鼓動　こたえている
mother
mother
まぁ　ther
ま　ぁ　ざ　ぁ
m other

ふたつの心臓に

海がにおう
　光が波に降りたつ　朝の
水平線を　わずかに引きなおし

　なんまんこうねん
朝の波に　血液あらわれた
　あわい眠りのなかで
光のいんりょくが
　ふたつの心臓ひきあわせるように

心臓《アナーハタ》の十二枚の花弁をひらき
風をよび
宇宙の大気を読めよ
星界の文書《もんじょ》からこぼれる
星のことばに
耳をとぎすませ
血液にプラーナあふれるまで
光と交信し
宇宙の大気を受信し

臍《へそ》の緒は　あかい旋律のわたる道
光たちが　ぴゅるぴゅるぴゅると
うちゅうの栄養をはこぶ

プラーナ（サンスクリット語）……気。宇宙的、生命的エネルギー。
これ以降の詩にもたびたび使用しています。

夢のみずうみ

——2000・9・19　Fに——

夢から　お覚めなさい
やさしい光たちの胸にいだかれ
降りてゆきましょう
ちいさな　いのちたち
ははそはの
ちちのみの
いのち待つ
いのちの花びらが
ひとつ　ひとつ
光となって
花となって
息吹きの色をみせはじめる
息吹《いきふ》ーく
いぶーく
ぶるーむ

いのち　咲く
ひかり　咲く
ひとつのいのちは　いつも
そのように
夢のみずうみで　眠っていた
ははそはの　母を呼び
ちちのみの　父を呼び
いのちたちの
しずかな眠りが
天からこぼれて
光はこぼれ
　　　ぐろりあ　あれるや
　　　ぐろりあ　あれるや
すべてのはじまりの
息吹きは
いま天にみつ
　いぶき
　　　いぶーく
ちいさないのちたちの
　ふりそそぐ　音階は

星々へみち
水惑星へみち

夢へ　おかえりなさい
しずかな闇をとおり
光へのぼってゆきましょう
いくまんの　死より来たるもの
朝焼けの　空は　もえています
しののめの
ぐろー
ぐろーりあ

すべてのはじまりの
息を　天にかえし
息吹《いきふ》ーく
いぶーく　風を止め
いのちのおわる音色を　ききなさい
まほらばの
地球をはなれ
しらたまの
涙に

ひとりひとり
子どもたちが　遠ざかる
　闇となって
　光とちって

いのちにかえる
ひとつのいのちは　いつも
そのように
夢のみずうみで　眠りにつく
たまかぎる　いのちの聲
たまきはる　　　聲の色たちに

虹の翼
　舞い降り
　　ぐろりあ　あれるや
　　ぐろりあ　あれるや

誰もがひざまずき
　あたらしいいのちを　迎えるがいい
　はじめのひと息に
　　海は凪ぎ　風はあつめられ
　　水惑星は　まわりつづけるのだから
誰もがひざまずき

いのちの終わりを　迎えるがいい
　さいごのひと息に
　　光たちはすべて　礼拝をささげるだろう

遠くからとどく
いくまんのいのちあるものたちの
こえ
こぼれ
こぼれつづけて
降りつづける
降りつもる
遠くへ　遠くへ
いくまんのいのちあるものたちの
こえ
放たれ
夢の入江へかえる
光　眠る
みずうみの花になる

Spring Wing

dreaming　dreaming
はるの　ゆめの　ゆれる　ゆれる
うすももいろの　かぜに
swing　swing　spring　swing
はるの　はだしの　まりあが
ゆれる　ゆめの　ぬれた　うすももいろの
さくら

sakura
さ　く　ら
さ
さ
ら
とちらし
はるを　すう
breathe　in

はるを　はく
breathe　out
さくら　sakura
さ　く　ら
さ
さ
ら
と
sa
sa
ra　と
はなびら　かぜに
swing
swing
spring
swing
swing
swing
spring
wing

はるの　はだしの　まりあが
　はるの　すあしの　いえすを　いだく　うすももいろの
はるの　はねは　いま　はえはじめたばかり
　はなの　こきゅう　ぬれて
ひかりの　さいぼうを　まっている
　ほほえみの　気層の　こえ
アーナ　アパーナ
　気層の　いき　ひびき
アーナ　アパーナ　アーナ　アパーナ
　いきと　いきを　からませ
ゆめの　ゆれる　ゆれる　とおくで
　さくらの　いのち　いま　そらへ　つきぬける
からだじゅうに　さくらいろの　けつえき　みたし
　縹《はなだ》のそらへ
いのち　ふきぬけ
　みきを　せりのぼり
あさやけに　ふきだす　さくらの　いのち
　いのち　はく
いのちの　こえを　すう

ちきゅう胎内で
うすもいろの　子宮に
みたされる　さくらの　はなびら
　　さくらの　いのち
はだを　sakurairoに　そめて
わたしたち　ひとり　ひとり
みみを　すます　胎児
はるの　はねは
ゆめの　とおくへ
わたしたちを　はこぶ
dreaming　dreaming
いえすと　まりあの　ねむる
ねむりの　うす　もも　いろ
まりあの　いだく　さくらの　けつえき
いえすの　いのち
さ　さ　らと　さ　さ　らと
　さ　ら　さ　ら　と
　　dreaming　dreaming
　　　fukaku

ふかく
tooku
とおく
ねむりにつくまで
はるで　はいを　いっぱいに　みたし

さくら
sakura
さ　く　ら
さ
さ
ら
と
sa
sa
ra
と
はるを　すう
breathe　in
はるを　はく
breathe　out

さくら
　さ
　さ
　ら
と
　はなびら　かぜに
swing
　swing
spring　wing
　縹《はなだ》のそらへ　いのち　ふきだすまで

アーナ［ana］……出息
アパーナ［apana］………入息
（サンスクリット語）

Flowerstars——誕生日——

人が　生まれるという日に　birth
　人が　いのちをひとつつないだという日に　birthday
空に　花
　空に　星
春が　生まれかわるという日に　プリマベーラ
　水が　生まれかわるという日に　プリミティブ
そらに　はな
　そらに　ほし
flower　flow
　flower　flow
　　flowerstars　stars　flow
流れゆく　花たちから　生まれる聲がある
　流れゆく　星たちから　生まれる唄がある
みあげる空に
　たえまなく　ひらいていく花　そして星

風の凪いだ　空の海に
花々は　その笑みを浮かべている
空は　ときに笑い　smile
空は　ときに泣き　cry
涙は　しずかにふる　雨
花弁はゆれて　ふるふる
雨の呼吸に　聲をたてずに　なにかを待つ
空で　とおく羽をひろげ　とじ
天使の　ひとみにうつる
花のこえ　星のこえ
天使の羽にはこぼれて　いのちの花　ひとつ
いのちの星　ひとつ

birth　誕生
たんじょうの　声は
水を　よび
光を　よび
それぞれの季節の窓ぎわに　立ち
answer　spring
answer　winter

いちりんの花として　ひかりをもとめる　自由があり
いちりんの花として　いのちをうたう　いとなみがあって
まあてる　くれあとりゐす
まあてる　あまびりゐす
まあてる　母をよぶ　くちびるのかたちで
いのちから　いのちを　つなぐ

まあてる　くれあとりゐす［Mater creatoris］……創造主のおん母
まあてる　あまびりゐす［Mater amabilis］……愛すべきおん母
（ラテン語）

子どもの呼吸

空より運動会が——ちゃいるど・まーち——

大空の底で
こどもたちが　わらう
ち　すい
か　ふう
ち　すい
か　ふう
ふう　ふう
ふふふふ…
風《ふう》　風《ふう》　風《ふう》

風《かぜ》に　呼ばれて
光の　種を　飛びだした
こどものマーチ
地　水　火　風
地　水　火　風

ちすい
　かふう
ちすい
　かふう
ちいさな　足音　そろえて
光の　行進
声を　そろえて
　地　水　火　風
　地　水　火　風
宇宙暦
惑星連合《フィーダ》月の　空から
ひかりの　こどもの
　運動会　始まる
空が　わらうと
　青い色が　きれい
空が　わらう日
　銀河系の　すべての　万国旗　ひるがえる
地のこども
　うたの　しきそくぜーくうくうそくぜーしき
水を呼ぶ　こども

うたの　しきそくぜーくうくうそくぜーしき
火のふくところに　こども
しきそく　しきそく
ぜーしき　ぜーしき
くう　くう　くう
風のなかに　声をやどすこども
色即是空　空即是色

地
　水
火
　風
　　すべてかがやく　宇宙の微塵
空が　放つとき
　地球が　かがやくの
こどもたちの
うたとともに
こどもたちの
　行進とともに
ち　すい
か　ふう

ち　すい
　か　ふう　くう　くう　くう
無辺の空へ
発芽してゆく
元素たちを
賛美しよう
　行進しながら
読みあげる
　光の目録に
すべてが書かれてあった
時間のはての
　空からおくられた
運動会は
　地球の発芽の方法を
今　光のオルガンで演奏するの
　地水　火風
　地水　火風
ちすい　かふう
ちすい　かふう
ひかりの　こどもの

行進は
かわいた地球の
　声をうるおすだろう
足音たかく
うたごえたかく
二拍子マーチに
真っ白な　運動靴が　風になる

惑星連合……ＦＩＤＡ、足立育郎の宇宙語より
すべてかがやく宇宙の微塵……宮沢賢治「農民芸術概論」より

びにんぐ　おぶ　すぷりんぐ

いちばん風　吹ーいた
ぱーらーみたー　波羅蜜多《ぱーらーみたー》
にばん風　吹ーいた
波羅蜜多《ぱーらーみたー》　ぱーらーみたー
天のえれきは　光の子どもを　吹きだし
吹雪　ふーく
ふくじゅそう
蕗　ふーき
ふーく　福
風　吹ーく
吹く風に　光の子どもが　とびおりた
光の子どもが　豆まいた
ぷらーな
ぷらーな
ぷらーな　でてこい

ぱーらーみたー　波羅《ぱーらー》蜜多《みたー》
光の豆まき
春のかかとが　立つよ
びぎにんぐ　おぶ　すぷりんぐ
水のえがおが　まわるよ
びぎにんぐ　おぶ　すぷりんぐ
草のにおいと　こどもの息の　よせあうところ
光の子どもが　豆まいた
光の子どもが　天の涙をまいた
ぷらーな
ぷらーな
ぷらーな　でてこい
ぱーらーみたー　波羅《ぱーらー》蜜多《みたー》

もう
還れないたましひたちをあつめて
さくや
よるの空を焼いた
子どもたちが
たましひ抱いて
天の蜜にぬれる

今朝
花はにおいたつ野の息
ぱーらーみたーの声
ぷらーな　ぷらーな　ぷらーなと
光の豆まき
ちいさなてのひらで
　すべての方位を掬う
みなみ　とよぶ
　　ひがしと
きたと　にしから
　たましひは還ってきたかしら
子どもたちが　あつめた
光の豆は
天の涙は
　うすみどりの　いのちの声
それを天からまけば
　びぎにんぐ　おぶ　すぷりんぐ
春のかかとが立った
　子どもの声は
いちにちじゅう空を飛んでいたね

光の豆まき
光の種まき
ぱーらーみたー　波羅蜜多《ぱーらーみたー》
ぱーらーみたー　波羅蜜多《ぱーらーみたー》
そこから　空がわれたら
ぷらーな　ぷらーな　ぷらーなでてこい
こちらから　たくさんのいのちが　よせました
返す波は
花のいろ
分けられた季節が　すすむ
子どものてのひらで
にしへ
ひがしへ
南へ　宇宙《そら》へ
途切れることなく
草の息はよせ　かえし
地球ごと　呼吸する波になって
季節の分岐を　こえた
びぎにんぐ　おぶ　すぷりんぐ

せり
なづな
ごぎょう
はこべら
子どものひとみ
すずな
すずしい　すずしろ
七つの色は
ぷりずむで分けられた
天のれいき
虹をまとって
眠っていた
子どもたちが
目ざめました
びぎにんぐ　おぶ　すぷりんぐ
吹雪　ふーく
蕗　ふーき
福は　who　who
who《だれ》の風
光の種にまかれた

ぷらーなを
両手ですくい
また還ってゆくまで
ひとしきり
この惑星にたたずむ
何万人の
何万人の
子どもたちの
聲が
呼吸が
わたしたちの
耳元を
とおりすぎて
せり
なづな
ごぎょう
はこべら
子どものひとみ
すずな
すずしい　すずしろと

雨にひざまずかせるのか
上をむいた
瞳に　子どもの椅子を
やわらかい緑の葉の椅子を
遠くまでその瞳が
春をみつけるように
びぎにんぐ　おぶ　すぷりんぐ

波羅蜜多……サンスクリット語「paramita」の音写。語源的には、「向こう岸にたどりついた状態」の意味。仏教的には「到彼岸」。彼岸とは、修行が完成して解脱の境涯に達したということ。（佐保田鶴治『ヨーガの宗教理念』によった）また、「般若波羅蜜多」は女性の神様であり、生命を生み、育て、進化発展させていく大宇宙生命の中心軸である慈悲の泉。

レモンチャイルド

レモン　きゅっと　しぼって
　ララソラミソラ
　　ララミララミ
ソラ　そら　空　そら　ソラ
　朝の空がわれたら
　　成層圏のとびらを　開ける
レモン色の　いきして
駆け降りる　こどもたち
レモン　ひとつ　きゅっと　しぼって
　レモン　ふたつ　きゅっ　きゅっと
　ララソラミソラ
　　ララミララミ
ソラ　そら　空　そら　ソラ
　空がわれたら
レモン色の　ひかりの　シャワーを

天球へこぼそう
たんぽぽでいっぱいの
天世界は
ララソラミソラ
唄の声だけが
はずむ　空の　ソラ
ララミラフミ
ソラ　そら　空　そら　ソラ
真夏には　空を　はずし
洗いなおす
みんな　天球の縁に　腰掛け
ながめのいい　宇宙を　ララミララミ　ソラ
レモンのように　唄いだし
こどもたちが
こころを
駆けて行ったね
足首に　レモンの花を咲かせ
まっしろな　歯は
あす
きょう

きのう
すべての時間を　かじっていた
てのひらに
ひかりの時間を　にぎって
いそぎ足で
西へ
東へ
駆けて行った

みんな
おとなは
羽を　もがれた
背中を
焼く
太陽に
背をむけて
ひりひりと
痛む
背を
衣服に

包む
その　息の
匂いは
天球に満ちて

ララソラミソラ
ララミフラミ
ソラ　そら　空　そら　ソラ
空がわれたら
レモン
レモン
レモン
ふるよ
ふるよ
ふるよ
fall
fall
fall
ラムネソーダのように
空は　泡立ち

ララソラミ

ソラ　空が　消える日が
　あっても　いいと
　　口笛　聞こえたら
レモン　れもん　れいもん　でいもん
　　れいもん　でいもん　でいもん
　　　デーモン　デーモン　デーモン
　　　おとなは
　　　みんな
　　　眠ればいい
　　　百年ほど
　　　天球に
　　　ゆれる
　　　大人草は
　　　すべて
　　　薙ぎ倒され
　　　宇宙から
　　　なんて
　　　ながめのいい
　　　天球のあお

レモン色の息して
天球の縁に腰掛け
口笛吹いて
ララソラミソラ
　ララミララミ
ソラ　そら　空　そら　ソラ
天球のあおを　すくって　飲むさ
こどもあじの
ラムネ
ラムネ
ソーダのように
ぱちぱち　はじける
手足のさいぼう
お日さまに　返し

鰯雲日和《いわしぐもびより》——天奉納——

秋空
秋海
お空の海へ
船が出る
光の子どもでいっぱいの
天《あま》の磐船《いわぶね》
出船だ
出船だ
出風《だしかぜ》吹いて

いさなーとり
いわしぐも
さばぐも　群れて
いさなーとり
海神《わたつみ》　呼ぶと
わっしょい

わっしょい
山神《やまつみ》　呼ぶと
どっどど　どどうど
どっどど　どどうど

お空の海へ
漕ぎいだす

いさなーとり

天　地
人　海
天　地
人　海
てん　ち
じん　かい
てん　ち
じん　かい
声をそろえて
波こえて
波　また　波も
いわしぐも

波　また　波も
さばぐもだ

光の網は
なないろの
空がわれたら
天《あま》つ水
結び
結んで
結《ゆ》ふ
結ふ
たもとをかえし
光を　結ぶ
幸　結ぶ
海幸　結ぶ
大漁だ
千両　万両　大漁だ
大漁　大漁　宝船
光の網を　解きはなて
光の子どもの

漁《すなど》りは
　荒潮
　　八潮《やしお》
海また　海を　のりこえて
天　地
人　海
天　地
人　海
てん　ち
じん　かい
てん　ち
じん　かい

いさなーとり
空の　いちだんと高いところ
天の声が　あふれる
　昨日まで
夏を燃やして
血の色の
ちはやぶる

いのちの　染色　夏色《なつのいろ》
そらいちめん
天路《あまじ》へ　葬送《おく》る
天奉納

今日は　空をぬりかえ
紺碧の
天海　波立つ
青
あを
紺碧《あお》の
いさなーとり
海神《わたつみ》　呼べば
わっしょい
わっしょい
海幸豊漁《うみさちよくすなどり》
山神《やまつみ》　呼べば
どっどど　どどうど
どっどど　どどうど
五穀豊穣《いつつたなつものよくみのり》

澄んだ空気を
　肺　いっぱい
生まれた　光を
　喉　いっぱい
光の子どもで　いっぱいの
天《あま》の磐船《いわぶね》
　　　悠　悠
　　遊　遊
　天　悠　悠
　地《つち》　遊　遊
海《わた》の原
　　悠　悠
　　　　遊　遊　渡り
豊漁の
　光の網を
天奉納

勇魚取《いさなと》り……海・浜・灘にかかる枕詞

どっどど　どどうど……宮沢賢治『風の又三郎』より

祈りの呼吸

Male, Female, Mer

あなたの　なかに
　塩は　あり
わたしの　なかに
　塩は　あり
それら　かたく　結晶し
　幾万年　いくまんねんも
地に　よこたわる　塩として
　地を　浄い
　地に　浄われ
なみだに　葬られ
天に　塩を積んだ
　それら　固く　結晶し
幾万年も　いくまんねんも
　地に　ふりそそぎ
あなたの　海に　ふりそそぎ

わたしの　海に　ふりそそぎ
あなたの　わたし
　わたしの　あなたは
塩を　いだく
　塩盈珠《しほみつたま》
　塩乾珠《しほひるたま》
　この　胸から
海水　ながれだし
　しほを　よぶ

しほ　male
　しほ　female
　male　female　mer
　　しほ　よぶ　こえ
　　塩緯三十四度　ちょうりゅうは
　　　りゅう　りゅうと　海呼び
　　　　海　よぶ　こえ
　　　　　天の　しほの　箱　あける
　　　　　　しほ　male
　　　　　　　しほ　female

めいる、ふぃめーる、　mer
しほの　起源は
しほ　みつたま
しほ　ひるたま
いだく　ふたりの
海　よぶ　こえ
天を　わたり
しほの　みちを
天意にあずけ
地の　しほを
しほ　みつ
しほ　ひく
ひく
みつ
塩盈珠《しほみつたま》
塩乾珠《しほひるたま》
いだき　眠り　あう
ふたりの　潮流
ゆきき　する
りゅう　りゅうと

しほ　瀬をはしり
しほの背　よせあい
ひとつに　あった
しほの　みづ
しはの蜜は
分たれた　しほのなみだとして
どのあたりで
よせあい
ひきあい
みち
ひき
ふたりの　あいだを
引力に　あやつられ
しほ　を贈りあうのか

さゐ　さゐ　さゐ
しほが　泣く
さゐ　さゐ　さゐと
しほは　よぶ
しほさゐの　こえに

海風が　逝く
　生み　かぜが　しほ　よぶ
潮騒　しほさゐ　さゐ　さゐ　さゐ
　いのちが　逝く
しほ　さゐは
あなたと
わたしの　ことば
たがいの海に　しほは　かたく　結晶し
つめたく　盈月《えいげつ》に　てらされ
しろく
かたく
ひとの　かたしろを　浄い
海風が　ゆけば
ゆるやかに　めぐる　しほの　みちを
とおく　とおく　あるいてきた
このからだ　いだく
しほ　みつたま
　しほ　ひるたま
　　海　なり
　　　海は　いくとしも　いくとしも

ひくく　唸り
male
female
male
female
mer
male
mer
female
塩を　くちに　ふくみ
たがいの　塩を　あたえあい
くちづけの　しほは　つめたく　しろく
塩の　結晶を　とかし
しほ　よぶ
しほ　みちる
しほ　ひく
しほ瀬は　ゆききし
しほの　なみだに　いくたびも
この地を　浄い
ひとつの　潮流が　海風に　運ばれて　いく

海上《うながみ》
うなかみ
海　神のしほじを
行く
逝く
めいる、ふぃめーる、　mer
めいる、ふぃめーる、　mer
male
female
mer
mère
pere
　天より　塩は　ふり
地に　塩は　ふりそそぎ
しほの　くちびるあわせ
しほ　よぶ

聲

はな　ひらく　こえ　ゆれる
　ふらわぁ　ふらわぁ　ふら　わぁ
きぎ　そよぐ　葉は　ひらく
　さや　そよ　さや　そよ　さ　や　そ　よ
はな　ふらわぁ　ゆれ　ふら　わぁ
　こえ　ひらき　ふらわぁ　ふらわぁ　ふら　わぁ
さやぐ　さやぐ　は　な　び　ら　ひといきに　はらと
　葉は　ひるがえり　ひるがえり
さや　そよ　さや　そよ
　おもて　うら　おもて　うら　らららとひびく
きぎ　ゆれ　ゆら　ゆれ　ゆら　ゆする
　ひかり　きらら　ららら　らら
こえ　さやぐ　かぜ　ひかり
　かぜのいきざしに　いきの　いきに　ふれる
こーらん　こらーる　こーらん　こらーる

ある・くるあーん　ろざりお　ある・くるあーん　ろざりお
あヴェ　まりあ
　さんた　まりあ
あヴェ　まりあ
　さんた　まりあ
さんた　ま　りあ　ま　りあ　ま　りあ
　ま　りぁ　りぁ　りぁ　りぁ　りぁ　りぁ
さ　ん　た　ま　り　あ　りぁ　りぁ　りぁ　りぁ
あ　ヴェ　ま　り　あ　ま　り　あ　りぁ　りぁ　りぁ　りぁ　りぁ　りぁ
回廊をめぐるかぜに
　かぜの生き死にに
こえをあわせ
　いきをそわせ
こらーるの　おと　こぼれる
　礼拝《ミサ》の扉をひらき　礼拝《サラート》の扉をひらき
はいにみたせよ　プラーナ
　さいぼうのきおくに　たどれ
さんた　まりあ
　あヴェ　まりあ　まりあ　まりあ　まりあ
くちびるが　ふる　える　まで　ふる　ふる　ふる

はどうに　のれば　うちゅうに　こぎいだす
のみどより　あふれる　みずの　こえ　こえ　こらーるの　こ　え
ま　りぁ　りぁ　りぁ　りぁ　りぁ　りぁ
ま　りぁ　りぁ　りぁ　りぁ　りぁ　りぁ
むねのほね
かぜのこえ　ふき　すぎる
ほねの　ふえ　ふくなら　ふけよ
いつの　かぜ　じょうもんの　いきざしを
こえにのせ　ら　ら　ら　と
ろ　ろ　ろ　と
ぐろーりあ　ぐろー　りあ　りあ　りぁ　りぁ　りぁ
ああ　と　よび
ああ　と　ふるえる　こえの
吾《あ》
彼《あ》
吾《あ》
彼《あ》
あ
ああ
けつえきに　ねむる　すべての　あ　を　よべよ

ほねの　ふえ　ふけよ
あ　と　あぁあと
こぼれる　ほね　こえ　ゆれる
ふらわぁ　ふらわぁ　ふら　わぁ
ちりゆく　けつえき　そよぐ　さやぐ
さや　そよ　さや　そよ
おもて　うら　おもて　うら
すぎゆく　ときの　こえを　きくものは
くちびる　ふるわせ
さんた　ま　りあ　ま　りあ　ま　りあ
ま　りぁ　りぁ　りぁ　りぁ　りぁ　りぁ　あれるや　あれるや　あれるや

アヴェ・マリア……祝福あれ、聖母マリア
コラール……ドイツ語で聖歌の意味
アルクル・アーン……コーランのこと。読誦されるものの意味
アレルヤ……ハレルヤ
グローリア……主のみ栄え

波

よせる　すう
かえす　はく
すう　はく　すう　はく
よせる　かえす　よせる　かえす
すう　なみが　よせる　すう
はく　なみが　かえす　はく
すう　はく　すう　はく
よせる　かえす　よせる　かえす
よせる　すう　かえす　はく
いきが　よせる　いきが　かえす
なみを　すう　なみを　はく
なみが　なみをすう　なみが　なみをはく
いきが　いきをすうとき　いきは　いきよりはかれ
けつえきのなかへ　しおみちる
なみよせる　入息

けつえきはからだをめぐり　しおひく
　なみかえし　出息
　　呼気は吸気をもとめ　きゅうきはこきをもとめ
　はじまりからおわりへ
あるふぁ　おめが　あるふぁ　おめが
めぐりめぐりくるものなみとたわむれ　なみなみをおいかけ
ちいさな　らせんのちゅうしんをにぎる　ひかり　だれ

あらい呼吸で人と向きあえば
あさい呼吸で樹々を伐り倒せば
　肺のなかのくうきは濁り　澱み　流れをわすれたさいぼうとけつえき
　ふきょうわおんの　す　う　は　く　すうすうすう　すすすす……
　ためらうひびの　時間はゆれうごく秒針のように
　　ふあんていのおんていをきざみ　すうすう　はくはく　はあくはあく
塩酸であらうように肺のくうき　傷つき傷つけ
　　傷つけられたこころにしみる　しみる　えんさんの不完全
(あばれまわる五感をしっかり結わえよ)
　眼《げん》耳《に》鼻《び》舌《ぜつ》身《しん》意《に》　眼《げん》耳《に》鼻《び》舌《ぜつ》身《しん》意《に》　眼《げん》耳《に》鼻《び》舌《ぜつ》身《しん》意《に》……
　色《しき》聲《しょう》香《こう》味《み》触《そく》法《ほう》　色《しき》聲《しょう》香《こう》味《み》触《そく》法《ほう》　眼《げん》色《しき》耳《に》聲《しょう》鼻《び》香《こう》舌《ぜつ》味《み》身《しん》触《そく》意《に》法《ほう》

めみみはなしたみこころ　いろこえかおりあじさわるのり
　げんにびぜつしんに　しきしょうこみそくほう
　　むげにびぜつしんに　むげにびぜつしんに
　　　むしきしょうこうみそくほう　むしきしょうこうみそくほう

よせる　すう
　かえす　はく
　　すう　はく　すう　はく
　　　よせる　かえす　よせる　かえす
　　　　すう　なみが　よせる
　　　　　みちる　けつえきのなかへ　海の青はみち
　　　　　　ひかりのプラーナ　きらきらと
　　　　　すういきは　てらしている
　　　　たいないのらせん　ぎんがのらせん　らららとうたえ
　　　聲のひびき　けつえきのアーカーシャ
　　はく　なみが　かえす
　めぐる　さいぼうを　プラーナはめぐり
こころの水平線へ　ひかり　きらきらと
はくいきはかなたへ　すいめんを　かえってゆく
　ほらがいのおと　ひびき　おとのいろ

あるふぁ　おめが　あるふぁ　おめが
　たいないのらせん　ぎんがのらせんへ
ちゅうしんをにぎる　ひかり　だれ
うちゅうのなみも　ゆれている
よせる　かえす　まきがいの　はく　すう　はく　すう
あおいさかなのこきゅう　いきはなみの　さざめき　さざ　さざ　さざ
さいぼうの　ひといき　ひといきに　蓮華　ちら　ちら　ちらと
　散華《さんげ》のその手　そのひかり　だれ
　うちゅうのりずむにおよぐ
　　はどうの　さや　さや　さや　さや　さや　さや
　香気いっぱいのたべもので
うちゅうはいいにおいのあおいうみ
なみ　よせる　なみ　かえす
ひかりの　ちゅうしんをにぎる　だれ

アーカーシャ……ヒンドゥー教の宇宙論によれは、宇宙創世の最初に発散される振動する要素。それは熱を生じ、熱はガス物質に変わり、液体状になり、ガスは最終的に固体の物質に変わる。この循環が一廻りすると再びもとにもどるという循環を宇宙は続けている。（番場一雄著『ヨーガの思想』より）

Earth Love

風のこえ
　かぜの聲
か　ぜの声　聲　声　こ　え　だけが　とぶ
ちぎれて　とぎれて　とぶ
earth love love love…
　tree love love love…
　　water love love love…
惑星の　断崖に立ち
潮流は　いくたび　海へ　帰っていったのか
星たちはいくねん　銀河をながれつづけたのか
石たちは　死に
　　風に弔われ
　　　ふたたび　地の塩をかたくとじこめて
　　　　　生まれる
石　天の塩をうけ

石　光の子どもを宿し
石　風の伝説をうたい
石　として　大地にひれふし
石　として　太陽に祈る
神が座ることもあった
　磐座《いわくら》として
　祝い
　斎《いわ》い
　　　　あーあれるや　あーあれるや
　　　あーあれーるやー　あーあれーるやー
　　あーあれるや　あれるや　あれるや　あれ　るー　やー
なお　かたく地の塩をとじこめて
　いくすじの雨を　地へ流した
石
そこに在るという　重み　に
そこに在るという　夜の闇に
ひとり　ぬれながら
落ちてきた方位をたしかめる
　あのレダ
　　北十字のあたり

星として燃え
　ミカエルにはこばれ
時をこえ
　まっすぐに
ただ　まっすぐに
　落ちてきた
　　雨のように
　　雪のように
　　花びらのように
　　何の言葉も　もたず
石　として

春と
秋の
光を　分け
月の運行を　よみ
たくさんの星たちの旅立ちを　送り
人類《ひと》のあしあとを刻んだ

ちからいっぱい口笛をふけ
ちからのかぎり

そらいっぱいに
光のパイプオルガンを弾くがいい
　earth love love love
　　tree love love love
　　　water love love love
　　　　flower love love love
　　　　　light love love love

南方へ
　石のこえ　さうす
北方へ
　石のこえ　のーす
東方へ
　石のこえ　いーすと
西方へ
　石のこえ　うえすと
石のこえ
　石の聲
い　しの声　聲　声　こ　え　だけが　とぶ
　ちぎれて　とぎれて　とぶ
惑星の　断崖に立ち

天の塩を　待つ
　たくさんの　いのちが　飛び立てるように
地球の塩を　かたく　かたく　とじこめ
　　木を
　　水を
　　花を
　　光を
　すべて　見届ける
石の眼が
　ゆっくりと　ひらく
石の涙が
　しずかに　おちる
銀河で　天の塩があつめられるころ
石は
　　風葬の
　　　しろいはなびらになる

宮沢賢治「小岩井農場パート四」「告別」より引用あり。

アジアの呼吸

草声《そうせい》

掲帝《ガテー》　掲帝《ガテー》
波羅《バーラー》掲帝《ガテー》
波羅僧《バーラサン》掲帝《ガテー》

東《ズーン》
東《ズーン》
東の風を　さがす
風を　ひらく
夜明け《ウーリーンゲゲーウン》
夜明け《ウーリーンゲゲーウン》
太陽《ナル》の血が
こぼれて
大地に
朝が
われる

聲だけが　わたる
とおく　とおく
風の波が　吹きすぎる

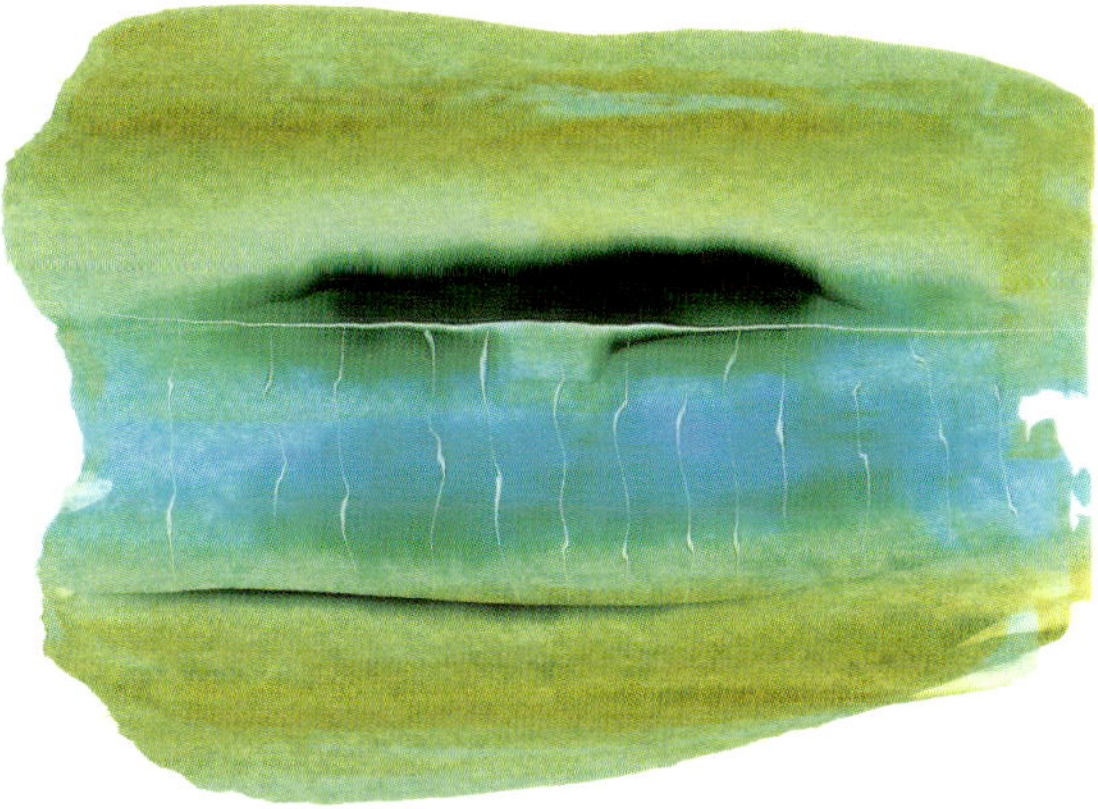

風の聲が　呼吸《いき》を吹く
じーゔぁ
ぷらじゅにゃー
草のみどりを　越えて
風は　ひかりを歌い
そうよう
草の洋《うみ》
そうせい
草の声
朝の呼吸《いき》に
草原は　ひれふした
生命《ジーヴァ》　般若《プラジュニャー》
生命《ジーヴァ》　般若《プラジュニャー》
この生命どこからきた
風の聲に聞け
南の砂漠《ゴビ》に
蒼天《テンゲル》の虹に
川は　とおくとおく草をみつめる

菩提僧莎訶《ボーディスヴァーハー》
掲帝《ガテー》　掲帝《ガテー》
波羅《パーラー》掲帝《ガテー》
波羅僧《パーラサン》掲帝《ガテー》
菩提僧莎訶《ボーディスヴァーハー》

はゔぁる
はるばぁる
はゔぁる
はるばぁる
草の声
空へ　駆けあがり
虹のたつ
ときを
呼び戻せ
一月は逝き
二月は去《い》き
三月は　息
しろくけむる
白いツェツェグを　吐き
空まで駆けのぼれ
春《ハヴァル》の声よ
草の生命よ
眠れる土は
馬頭琴《モリンホール》の声に
いま　眼をあける

掲帝《ガテー》　掲帝《ガテー》
波羅《パーラー》掲帝《ガテー》
波羅僧《パーラサン》掲帝《ガテー》
菩提僧莎訶《ボーディスヴァーハー》

空《スーニャ》
空《スーニャ》
草原は
とおく　とおく　風をさがしていた
いく万年　風を　呼び続けていた
夜明けに
虹の矢
何万本
放たれ
四月の
春《ハヴァル》
般若《プラジュニャー》
春《ハヴァル》
般若《プラジュニャー》
めぐる
めぐる
虹のからだの
わたしたち
颪にさらわれ
いつ砂漠《ゴビ》へ逝った

掲帝《ガテー》　掲帝《ガテー》
波羅掲帝《パーラーガテー》
波羅僧掲帝《パーラサンガテー》
菩提僧莎訶《ボーディスヴァーハー》

掲帝《カテー》　掲帝《ガテー》
波羅掲帝《パーラーガテー》

いつハラホリンへ逝った
月《サル》と　太陽《ナル》のめぐりに
草はいくたび
死に
生まれ
天神《テンゲル》の風を宿すのか
星《オド》から落ちた　聲が　われた
何万年　大地は　ふるえ
ノゴーン　ノゴーンと鳴く
雪《ツアス》はもう去った
馬頭琴《モリンホール》に聞け
水のこと
土のこと
風のこと
宇宙《サンサル》
空に舞う
鷹の眼に
太陽《ナル》の血が落ちて
夜明け《ウーリーンゲゲーウン》
夜明け《ウーリーンゲゲーウン》

波羅僧掲帝《パーラサンガテー》
菩提僧莎訶《ボーディスヴァーハー》

掲帝《ガテー》　掲帝《ガテー》
波羅掲帝《パーラーガテー》
波羅僧掲帝《パーラサンガテー》
菩提僧莎訶《ボーディスヴァーハー》

掲帝《ガテー》　掲帝《ガテー》
波羅掲帝《パーラーガテー》
波羅僧掲帝《パーラサンガテー》
菩提僧莎訶《ボーディスヴァーハー》

大地に
朝が
われる

片仮名のルビは、モンゴル語、またはサンスクリット語
ツェツェグ……花
ハラホリン……カラコルム・モンゴル帝国首都
ノゴーン……緑
（三語はモンゴル語）

ぱぃぱてぃろーま（南《みなみ》波《は》照《てる》間《ま》）

干潮《ふぃーしゅー》
満潮《みちしゅー》
さぁーん
さぁーん
ゆーやさぁー
すりさぁーさ
海風《うみかじ》
海風《うみかじ》
すりさぁーさ
天ぬ群星《ぶりぶし》
空に還れば
太陽《てぃだがみ》
魂《まぶぃ》　洗うと
海岸《うみばた》　降りて

うりずん
うりずん
ずん　ずん　ずん
緑《みとぅり》
緑《みとぅり》
ずん　ずん　ずん
うりずん風《べー》だよ
草も
木も
起きゆん
空の　青《おーるー》
海の紺碧《おーるー》
ちゅらさん
きらさん
南《みんなみ》ーの島では
みんなが
ぱぃの
ぱぃの
ぱてぃ　ぱてぃ　ろーま
ぱぃ　ぱぃ　手をふる

海人《うみんちゅ》に
まふくみさー
サバニ　くりだせ
サバニ　くりだせ
海風《うみかじ》　受けて
舵とって
走《はー》いんどー
かりゆし
かりゆし
かれよし
ゆかし

干潮《ふぃーしゅー》
満潮《みちしゅー》
さぁーん
さぁーん
ゆーやさぁー
すりさぁーさ
海風《うみかじ》
海風《うみかじ》

すりさぁーさ

太陽《てぃだがみ》
　古酒《くーす》に　ごきげんさー
魂《まぶーい》
　鳴響《とよー》む
弥勒世《みるくゆー》は
　潤い初めだよ
　うりずん
うりずん
ずん　ずん　ずん

天かみどぅ
　雲《ふん》かみどぅ
雨《あみ》のめぐみは
若夏へ
　背中を　トンと押すよ
はーれーい
はれーい
　よーはーれ
南風《ふぇーぬかじ》　呼《ゆ》ぶん

海風《うみかじ》　呼《ゆ》ぶん
南《みんなみ》ーの島では
みんなが
ぱぃの
ぱぃの
ぱてぃ　ぱてぃ　ろーま
ゆがふたぼーり
ゆがふたぼーり
空は　ちゅらさん
海は　きらさん
沖ゃ波静《しじ》か
さぁーん
さぁーん
ゆーやさぁー
すりさぁーさ
朝凪《あさどり》
夕凪《ゆどり》
魂《まぶい》　清めた
虹《ぬーじ》が

若夏　呼《ゆ》ぶん
　いすじみ　そーれー
みなんがはなよ
かりゆし
　かりゆし
かれよし
　ゆかし

沖縄《うちなー》の言葉《ぐち》

ぱぃぱてぃろーま（南波照間《みなみはてるま》）

波照間《はてるま》島のさらに南にあると信じられていた伝説上の理想郷のこと。

うりずん

冬が終わり、いよいよ暖かくなるという時期の気候。旧暦の二月から三月頃。語源は「潤い初め」であるとされる。

うりずん風《べー》

うりずんの到来を告げる南の風

ちゅらさん、きらさん

美しい、清い、美麗などを意味する。島によって、ちゅらぢゅら、きゅらさん、しゅらさいなど音が変わる。

まふくみ

その日の最も潮の満ちた時

サバニ

小型で細身なすぐれた漁船。沖縄の文化のひとつ。

かりゆし（嘉例吉）

縁起がよい、めでたいの意味。かれよしも同じ。「もともとは旅の無事を祈る呪術的な言葉だったのではないか」との説もある。

弥勒世《みるくゆー》

満たされた世。弥勒のルーツは弥勒菩薩らしいが、八重山の島々では五穀豊穣と幸福をもたらす神として崇められるようになった。

若夏

うりずんと対で使われる言葉。うりずんの少し後、旧暦の四月、五月の頃。

ゆがふたぼーり（世果報給り）

世果報はよいこと、幸せなこと。幸せを下さい。よいことがありますように。

いすじみ　そーれー

お急ぎください

みなんがはな

身清め

『沖縄いろいろ事典』（新潮社）を参考にしました。

市場《まちぐゎー》

南風《ふぇー》ふけば　サーユイユイ
南風《ふぇー》ふけば　サーソイソイ

海ばたみちるなみ　泡波　泡盛　こおり　ちりん　ちろんと
海人《うみんちゅ》うたう　島歌ナー
みんなみかぜにのり　めんそーれ
ひんがしかぜにのり　いみそーれ
さとうきびばたけゆれる　水色《みじいる》の空ナー　昇る《ぬぶゆん》
市場《まちぐゎー》の路地を吹き抜けて
市場《まちぐゎー》　通ってゆきましょ
ハイサイ　ハイサイ　ハイサイ
おばぁのかまぼこ　赤《あかー》にーそめられ
ねーねー売ります
緑《みとぅり》の苦瓜《ごーや》
紫《むらさきんぬ》芋

スクガラス　コーレーグース
とぐろまくまく　イラブーの闇色
豚面皮《ちらがー》にみつめられたら　サーソイソイ
豚足《てぃびち》の爪まで踊りだしそうな
鰹節けずれば　におうにおいに　まちぐゎーおどるおどるよ
　まち　ぐわぁー
　まち　ぐわぁー
　まち　ぐ　ぐ　ぐぐっと　ぱわー

南風《ふぇー》ふけば　サーユイユイ
南風《ふぇー》ふけば　サーソイソイ

魂《まぶい》にのせて　指笛ひびく
　うみの　青《おーるー》
　そらの　青《おーるー》
あまみきょ天から降りてくる
市場《まちぐゎー》の路地を吹き抜けて
　東《あがり》へ
　西《いり》へ
ちょいと　歌う

ちょいと　踊る
ちょいと　赤花《あかばなー》挿して
泡盛なみなみ　なみだつ　泡波　島歌ナー
こおり　ちりん　ちろんとしまうたなー
グルクン肴に　三絃《さんしん》弾くは
加那ヨー　面影《うむかじ》ぬ立てぃばヨー　加那ヨー
宿に居らりらん　ハルーヨンゾーヨ加那ヨーシーシッ
ゴーヤチャンプルー食べちゃって
ラフテー　ミミガー食べちゃって
スヌイ　クーブはなみのなみ
夜通し　ハイサイ　ハイサイ　ハイサイ
サーまだまだ
ソーメンチャンプルー　ソーキそば
フーチバージューシーにアバサー汁
サーまだまだ
カタハランブーでれば　ソイソイ
みんなみかぜにふかれて
けふ《キユ》の　ほこらしゃや《スフクラシヤヤ》　なをにぎやなたてる《ナヲウニヂヤナタティル》
夜通し　ゆれるなみの　なみまにうかぶあまみきょ
アンマァに起こされ

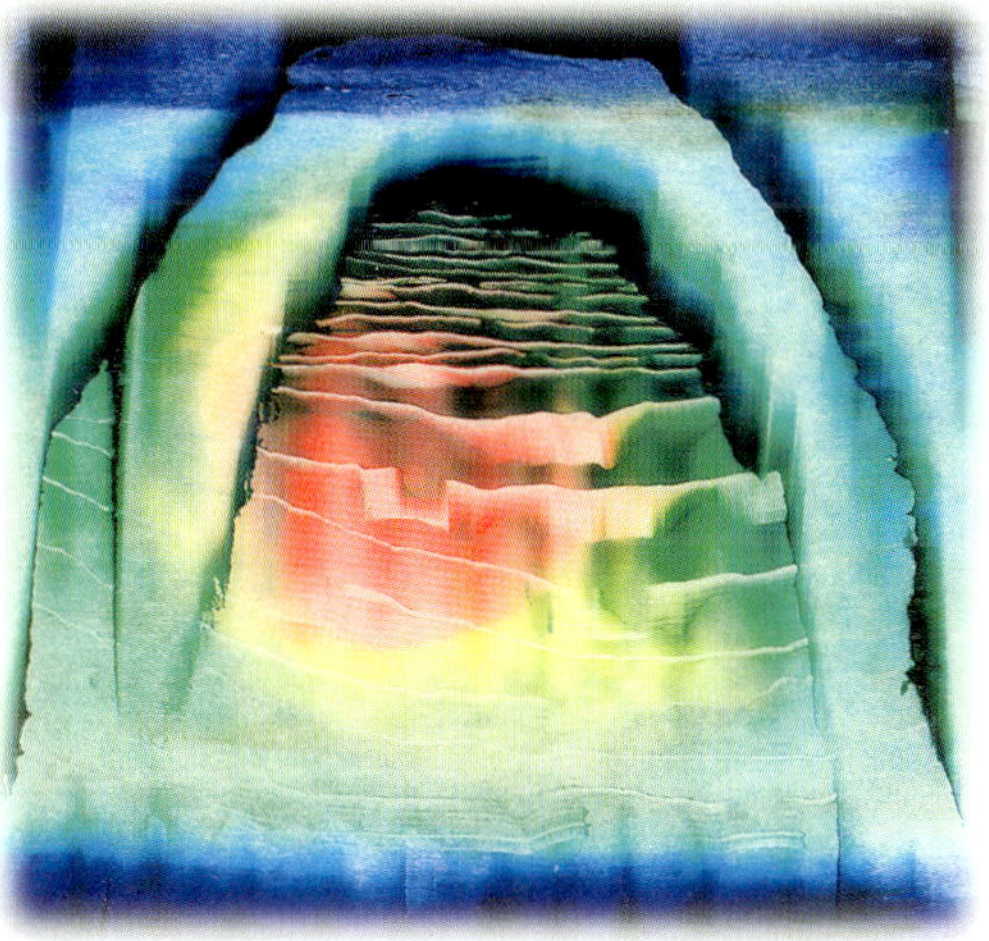

飲みすぎの泡盛なみなみ　なみにこぼれて
なみはかがやく

　南風《ふぇー》ふけば　サーユイユイ
　南風《ふぇー》ふけば　サーソイソイ

赤花《あかばなー》挿して
クイクイ飲め　飲め
　ハイサイ　サイサイ　ソイソイ
まちぐゎーおどるおどるよ
まちぐわー抜けてこ
みんなみかぜに
　まち　ぐわぁー　ゆれるよ
　まち　ぐわぁー　おどるよ
　まち　ぐわぁー　におうよ
ねーねー今日も豚足《てぃびち》切れば
まち　ぐ　ぐぐっと　ぱわー

沖縄《うちなー》の言葉《ぐち》

市場《まちぐゎー》
公設市場。沖縄のあらゆる食文化に出会える。市場で買った食材を二階の食堂で料理してくれる。安くておいしい。

海ばた
海岸

海人《うみんちゅ》
漁師

めんそーれ
いらっしゃいませ

いみそーれ
お入りください

ハイサイ
こんにちわ、こんばんは

おばぁ
おばあさん

ねーねー
お姉さん

スクガラス
アイゴの稚魚の塩辛

コーレーグース
赤唐辛子を泡盛に漬けた沖縄版タバスコ

イラブー
イラブウミヘビ。燻製の干物。店先に吊して売られている。

あまみきよ
沖縄創世の神。天から降って沖縄を造った。

赤花《あかばなー》
和名、仏桑花。ハイビスカスに属する花。

グルクン
タカサゴ。沖縄県の魚。沖縄では大衆的な魚らしく、どこでもお目にかかれる。唐揚げ、刺身などおいしい。
三絃《さんしん》
三線とも。沖縄の三味線というか、三味線の大本。ニシキヘビの皮を貼ってある。
加那ヨー
琉球古典音楽。かぎやで風（御前風）は舞踊とともに国王の前で演奏された。おめでたい場にふさわしい曲が多い。
ゴーヤチャンプルー
苦瓜の炒め物
ラフテー
豚肉の角煮
ミミガー
豚の耳
スヌイ
もずく
クーブ
昆布
ソーメンチャンプルー
素麺の炒め物
ソーキそば
豚のあばら肉を柔らかく煮込み、そばの上にのせた物
フーチバジューシー
よもぎの雑炊
アバサー汁
ハリセンボンが入った味噌汁
カタハランブー
祝いごとに使われる揚げ菓子

今日《キユ》の誇らしゃ《ヌフクラシャ》や
　かぎやで風（御前風）。琉球古典音楽

アンマァ
　お母さん

クイクイ
　沖縄版健康ドリンク

『沖縄いろいろ事典』（新潮社）を参考にしました。

いのちの終わりへの呼吸

ゆるやかな眠り

一夜《ひとよ》のモザイクを
一生《ひとよ》のモザイクを
夢に　ながし
生命の終わりへの
ゆるやかな眠りが　はじまる

River
ながれてきたものは
うつくしくあれ
ながれゆくものは
サーラ
サーラ
サンサーラ
せせらぎ
せせらぐ
まぶたとじれば

River

運ばれてきた　果実よ
　したたり
　　したたる
　　　蜜の味
　　　　もぐ手は
　　　石のように　つめたく
　　　　まもなく　鉱物界へ降りてゆくだろう

昨夜の雨は　水量を増やした
川のこえを聞きにここへきて
　　　ここで立ちつくす
　　川も立ちつくすのか
　人しれず夜の闇にぬれて
　悲しみのこえを流すのか
　呼吸のように流れがあり
　　　うねる水流のどこに
　人の骨があるかもしれず
　　草や木のためいきも
　　　水底《みなそこ》にしずむのか

身体中の　声を　放てよ
すべての　声にきざまれた　時間が
空を舞って
みじんにとびちる
　川へのゆるやかな眠りは
もう　はじまろうとしている
　　今際の耳が
　　　聞いていた
　　　　涙の声は

サーラ
　サーラ
サンサーラ
　さらさらに
せせらぎ
　せせらぐ
静かさの
　　　シャーンティ
　　　シャーンティ
　　　シャーンティヒー

橋ゆく　ひとたち
ひとつの命が　もえつきる　風の
向こう側にいて
わたしが　焼かれても
その風は　大空を　高く　高く　まわるだけだろう
River
　水がゆれて
　　水の軌跡に
光がおりて　憩う
　光のこどもたちが　いやす
　　大人の午後が　ゆっくりと　暮れてゆくとき
　　　子どもたちは　もう数えなくてもよい　時間の芽を
　　　　やさしく摘み取り

サーラ
　サーラ
さらさら
　サンサーラ
さらさらに
　せせらぎ
せせらぐ

流れに　まかせてしまう
水底《みなそこ》に　堆積するのは
流れてゆけなかった　人の骨の白さ
川はよびあい
　サーラ
　　サーラ
さらさらと
　声が
まわる
　輪廻《サンサーラ》
さらさらに
　すべて
まわりつづけるものたち
　こえから
こえへ
　呼び合い
鳴きかわしあい
　来世の姿を探して
川をみつめている

River
River
River
　水底《みなそこ》へ落ちてゆく　眼《まなこ》さえ
　　泥土に横たわる　臀部　さえ
まりあ　とよぶ光の日があるのなら
　ゆるやかに傾斜してゆく
眠りの　夕暮に咲く
　イブニング・ローズ
胸におき
　このさきは
流れるだけの音になる
　サーラ
　　さようなら
サーラ
　さようなら
さら　さらと
　さらさらに
ながれてゆくだけの
　サンサーラ

眠りへの輪は　だれが回すのか
しずかに星がながれおちたように
かすかに太陽がかくれたように
River
川明かり　ひとしずく
　眼にそそぎ
　　口にそそぎ
　せせらぎ
　　せせらぐ

シャーンティ……寂静
サンサーラ……輪廻（二語ともサンスクリット語）

雪聖夜

ほう　ほたる　ほう　ほうたる
　ホウ　ホタル　ホウ　ホウタル

かぜに　よびあう　こひびとたちの　たましひ
　たま　しひ　ゆれ　たま　しひ　とび　かひ　むすび　あう
聖夜のよぞら　ふかく
水銀銀河のこおる　あたり
ほう　ほたる　ほう　ほうたる
　螢《ひかり》　ゆれ　ゆらめく
ホウ　ホタル　ホウ　ホウタル
　たましひの　灯りをともせ
雪花にのり　とびかひ　はなれ　むすびあう
こひびとたちの　いきの白さに
螢《ひかり》　ともり　ふゆの大気に　ふるえる
　わかたれた　たましひ　たま　しひ　た　ま　し　ひ

むすびあうまで
　にじゆうらせんの　たま　しひ
愛に灯りをともし　ゆれるだろう
　螢《ひかり》　玉響《たまゆら》と　たま　ゆらと　魂響《たまゆら》と　ゆらと
魂《たま》の音《ね》に耳をかたむけよ
聖夜のよぞら　わたる　魂《たま》駆《か》ける
　たましひの　螢《ひかり》　ほたる　ほうたる　ほう　たる
ひとときも　はなれたくないなら
たま　むすび
たま　ゆらし
たま　もやす
魂《たま》の音《ね》　かすかに　よびあう

雪聖夜
魂《たまし》火《び》とぶと
　といきのあまく尾を曳くと
　　天使のはねつけ
　　　firefly　firefly　firefly
fly
　ふらい

fly

　ふらい
イルミネーションの明滅に
いきをあわせ
すういきに　ちかちかと
はくいきに　ちかちかと
たましひ　もやす　螢《ひかり》になれと
汝《な》のくちびるに　ふれた
吾《あ》のくちびる　さむく

ほう　ほたる　ほう　ほうたる
　ホウ　ホタル　ホウ　ホウタル

かぜに　よびあう
　かぜに　とびかう
たましひのスパイラルに　螢《ひかり》を　ともせ

白鳥区に
水銀銀河凍てるとも
星をいくせんまんも　いくせんまんも　ふみころし

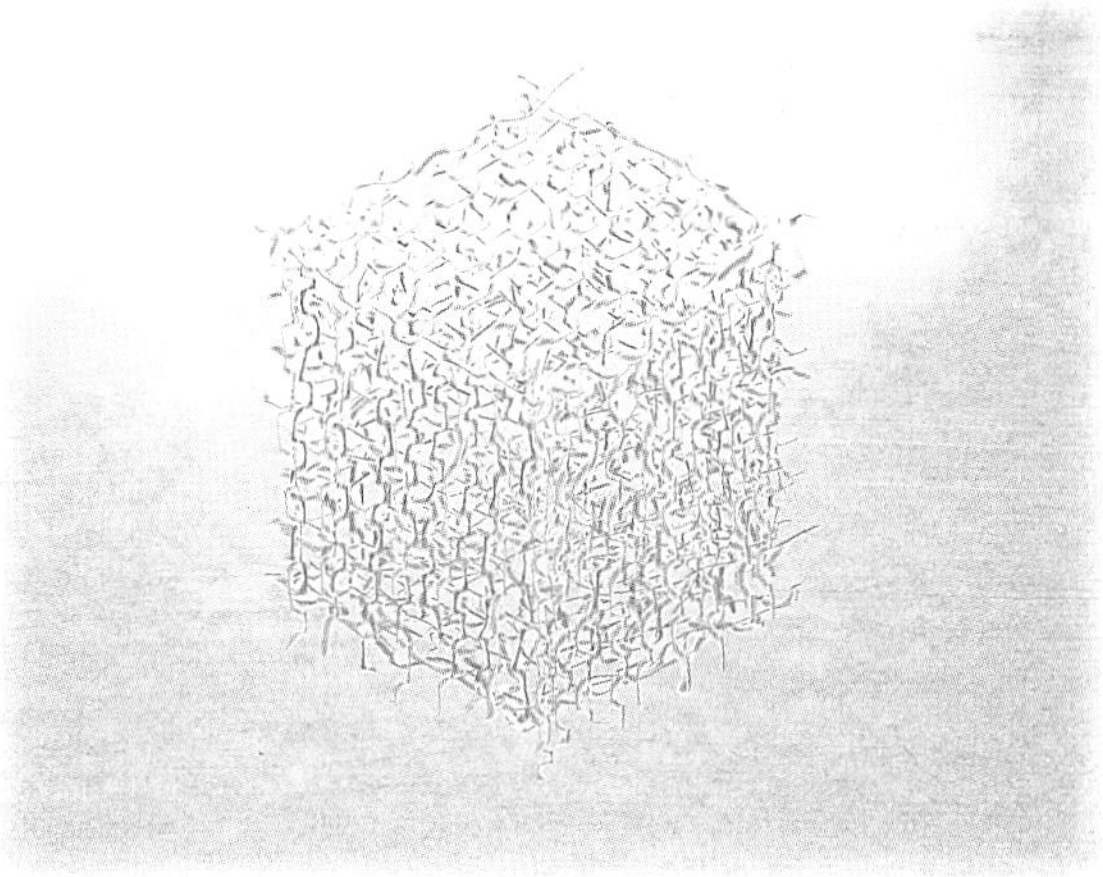

白いすあしに涙をながし
いくせだいも　いくせだいも
はなれあって　むすびあって
こよひ　北十字にたつ
光の波は
わかたれた　たましひ　たま　しひ　むすぶ
ながれる指紋をあわせ
soul　soul　soul
螢《ひかり》の列柱　たたせるまで
夜空にすきとおる　光になる

雪　ふる　聖夜に
螢《ひかり》のこひびとたち　いくせんまん
地上まで　まひおちる
いのちの　たまの緒　ふるわせ
ひらり　雪に　のれ
はらり　雪と　ちれ
つめたい手と手あわせ
指紋をあわせ
息をそわせ

白く　白く　ま白になるまで
聖夜の空に透けてしまうまで
くちびるあわし
たましひ　むすび

零《れい》

零　と　たれか　すずふる
レイ
零　と　たれか　あめよぶ
レイ
零
レイ
霊　レイ
闇　ふるえだし
せい
れい
精
霊
冬の　橋を　わたる
そのさきは
零

雨
ああ　あめ
夜の　雨に
ぬれはじめた
この　からだ
この　呼吸
この　聲が
レイ　と　ふるえる
夜
闇を
うっすらと　敷き
闇
つめたく　ぬれている
零　と
たれか　すずふる
零　と
たれか　あめよぶ
もう　なにも　ないはずなのに

レイ
零　と

呼びあって　いる　精霊たち
　せい　零
精霊
　鈴ふる
　　零　霊　霊　霊　零　霊
そのさきは

ついたち
月　立ち
つごもり
月　籠もる
そのさきは

零

なにも　ないはずなのに
石の柩《はこ》を抜けだして
夜の　底に
床を　敷く
夜空に　うっすらと
透けてしまうほど
あの　北十字に
流れついてしまうほど

さいごの　呼吸は
どのような　匂いを　放ったのか
息は　もう　喉を流れぬ

死に
　去んぬ
死に
　去んぬ
死に去んぬ　零の　とおくへ
　ひかりも　とどかぬ
零の　卵をもって
　還らぬ　還らぬ
還らぬ精霊たち
零
　霊
　　レイ
　　　せい　れい
　　せい
　　　霊

はずされた　からだの　器官を
夜空に　透かし

からだの　かけらが
みみ
　はな
　　のど
　　　め
　　　　ちいさなゆびさき
　　　つめの　かけら
　　しずかに　流れてゆく
ああ　赤い血が　流れたこともあった
その　からだを　闇に　浮かせ
闇が　まわして　いる
赤い　赤い　血を　沈める
　冬の　橋の　下は　寒かったか
沈めて　鎮む　ふゆの　暗さ
ああ　こわいと　たれか　いう
喉から　夜の闇を　零《こぼ》して
鎮もうと
　ああ　夜は　こわくなかったか
　雨は　つめたく　なかったか
零《こぼ》れて　ゆく

零《こぼ》れて　ゆく
　すくいようない　夜の　なかへ
胸に　たれが置く　北十字
　キリエ　キリエ
　　キリエ
　エレイソン
　　エ
　　　レ
　　　　イ
　　　　　ソ
　　　　　　ン

キリエ
　　れい　レイ
霊　くろぐろと
零　くろぐろと
雨が　落ちてゆく
　死に去んぬ
　死に去んぬ
すくいようのない　夜が　ふるえているから
精霊　たち

　すずふる
零　零　零　零　零
　霊　霊　霊　霊　霊
夜の　淵を　かすかにまわる
　闇の　渦巻きが
夜を　落とす
夜の　聲を落とす
死の人を　落とす
いさぎよく
ふっさりと

零

キリエエレイソン……主よ憐れみたまえ（ギリシャ語）

Inner Light

Inner Light
光の　息
Inner Light
光の　呼吸
Inner Light
光の　息吹

天降《あも》る　ひかり　ひとつ
天飛《あまと》ぶ　ひかり　ひとつ
　わたしたち
光より　生まれ
　光に　還ってゆく
命の　息《い》の霊《ち》の　じゅんかんが
　天球をまわし
　　荒魂《あらみたま》　ひとーつ

和魂《にぎみたま》　ひとーつ
奇魂《くしみたま》　ひとーつ
幸魂《さちみたま》　ひとーつ

ひかりのなかに　影はあり
影は　ひかりをつくりだし
天体の　ハルモニア
天体の　シンフォニア
内なる光に　射しぬかれ
天の息《い》の霊《ち》に　はこばれ
光は　どこまで届くのかしら
四方《よも》を照らす
光として　燃える　ひとときがあって
ふたたび　闇呼べば
光　こぼれ
天体の　どの角度からも　影になるように
いただいたものを　すべてたたんでかえす
光の水で
最期のからだを浄《あら》ったら
浄め
はらひ

浄め
　きーよめ
　きーよ
　キリエ
　エレイソン
光の分裂数　激しい
胎内での記憶を埋めに
ここ
天空のほとり
皆　ここから来て
　　ここを通り　還ってゆく
天降《あも》ーる　光
amour《アムール》　光
　母《あも》の　光
　天降《あも》ーる　光
天飛《あまと》ぶ　光

会陰をとじ
　地より来たる
　　アパーナ

臍をとじ
　水より来たる
心《しん》をとじ
　火より来たる
　　サマーナ
喉をとじ
眉間をひらき
　風より来たる
　　プラーナ
頭頂をひらき
　空《くう》より来たる
　　ウダーナ
この身　ヴィヤーナ
天空に　しずかによこたえ
ささやかな雨が　すぎるのをまって
天の青さを　ひとみに　たたえ
　　return　to　the　light
光に還る
　いっしゅんの暗さを
　　恐れ

光と
　光が
　　こすれて
　　　飛び散る
　　　　もう　ここからさき
　　　　　ひとりでは　ゆけない

ハレルヤ　ハルモニア
ハレルヤ　シンフォニア
　とおくから　あつめられた　闇
　　いちりんの　花と　咲き
　天上の花は
天のいき
　天の息《い》の霊《ち》の
　　ハルモニア
　　　天の息《い》の霊《ち》の
　シンフォニア
光の　花が　ひらく
　呼吸
　　光の　野がひらく
　　　息

天が　ひらく
　息吹
さしぬく　光　ひとすじ
天《あま》飛《と》ぶ

シンフォニア……ここでは交響楽の意味
ハルモニア……ここでは調和の意味
アパーナ、サマーナ、プラーナ、ウダーナ、ヴィヤーナ……ヨーガでいう五気
（身体のエネルギー）

呼吸する音楽——使用ＣＤインフォメーション

音楽を呼吸する
　息を吸って
息を吐くように
　音のハーモニーを呼吸しよう
音の波動に
　しずかに降りそそぐ　宇宙のエネルギー
星々のまたたきも
　有機的な気の巡り
音の潮騒は
　音楽の波音は
わたしたちの身体を
　宇宙の海へ　はこびだす
響きのなかに光はあり
　光のなかにわたしたちもきらめく

1　いのちの呼吸

風の礼拝《れいはい》

「静寂　HYMN」アディエマス『聖なる海の歌声』より
VJCP―25180　東芝　1995・5

「静寂　HYMN」はアディエマスⅡ『蒼い地球の歌声』にも収録

風に祈り
海に祈る
　大地に背を伸ばし横たわろう
　　わたしたちは大地《つち》からきた民なのだから

大地から沸きあがるようなミリアム・ストックリーの声。南アフリカ出身の彼女の声は、ダイレクトに私たちの脊椎に響きます。ラストの子どもの声には、なんて光があふれているのでしょう。

Red

「優しさの湖」カール・ジェンキンズ『イマジンド・オーシャンズ』より
SRCS―8705　ソニー　1998・6

やさしさの響きには
　天使の羽がある
そのように声を贈りあえたら

心はいつもパステル色に染まるだろう

アディエマスの一人、ジェンキンズがプロジェクトしたCD。サラ・ミカエラ・ヘザーの包みこむようなやさしい声には〝永遠の母〟が潜んでいるのかもしれません。

夢のみずうみ

「晴の海」カール・ジェンキンズ『イマジンド・オーシャンズ』より
SRCS—8705　ソニー　1998・6

光の粒子がきらめく
眠りからめざめる睡蓮のように
しずけさのなかに芽生えていく生命たち

パメラ・ソービーのリコーダーには、祈りとかすかな土の匂い。繰り返されるラテン語の、なんと気持ちよく耳元に響くことでしょう。副題「幻想の海」とは月の地形のこと。月からの不思議なエナジーは、人間にこのような音楽を与えるのでしょうか。

Spring Wing

「守護」シング・コウル＆キム・ロバートソン
『クリムゾンコレクションVol. 1&2』より
PRI—0901　プレム　1994・12

心のなかへ清流が流れこむ
　浄められて
　浄められて
朝の大気のように
わたしたちの身体　透明になる

三才の娘も、気持ちがすっとすると言ったマントラソング。セラピスト達を通して、世界中に広がったこのスピリチュアル・ソングは、シング・コウルの透明なボイス、キム・ロバートソンの絹糸のようなケルトハープが美しい。

Flowerstars

「エンジェル」エンヤ『シェパード・ムーン』より
WMC5—450　WEA　1991

空から花びらが……
空から天使のこえが……
　耳元へ
光のエアメイル　届いたばかり

エンヤとの出会いがなければ、この詩集は、そして私たちの朗読は生まれなかったでしょう。エンヤを初めて聞いた夜の、聖なる涙を今も忘れることができません。

2　子どもの呼吸

空より運動会が

「子供たちの竹の合奏団」フィリピン・細野晴臣編
『エスニックサウンドコレクションvol. 3』より
OCD—3C03　ポリドール　1989

踊って　踊って
　まわって　まわって
地球ごと　リズムにあわせて
　はずんでみよう

とっても楽しい〝バンブー・オーケストラ・サウンド〟。一人、一本ずつ自分の音階を出す「サッゲイポ」という竹管の楽器。総勢五十人近い子供たちの演奏は、どことなく小学校の発表会のノリです。

びぎにんぐ・おぶ・すぷりんぐ

「真実の誕生」カルネッシュ『ハート・シンフォニー』より
PRN—0352　プレム　1991

朝の呼吸
　吸って　吐いて
ふかくふかく水惑星を呼吸する

わたしは　今日も　立つことを許されて
朝の光にぬれている

カルネッシュはドイツのミュージシャン。小鳥のさえずりをバックに透明感あふれるシンセサイザーが心にしみわたります。朝のしずくが滴り落ち、やがてハートに満ちてくるモーニング・エナジー。

レモンチャイルド

「合唱曲Ⅵ、風の神の歌」アディエマスⅡ『蒼い地球の歌声』より
VJCP—25257　東芝　1997・1

ララソラミ　ソラ
ララソラミ　ソラ　ソミラ
大空をかけぬける
風の子どもたち
すべて地球の風は
子どもたちの　手のなかにある

エンヤと並ぶ私の大切なスピリチュアル・ソング、アディエマス。架空の言語が織りなす大地からのメッセージは、私の背骨をつらぬき、大地と宇宙を繋ぐ。黒い大地からはこんな歌がたえず沸きあがっているのだろうか。

鰯雲《いわしぐも》日和《びより》

「三国幻想」鬼太鼓座《おんでこざ》『鬼太鼓座《おんでこさ》』より
VICG—41073　ビクター　1999・8

丹田に　力をいれよ
丹田に　力をいれよ
地水火風空
空の空　声の声
秋の気に背筋をのばして　たちつくす

和太鼓は垂直にのびていく気の音。横笛は水平にのびていく気の音。そして人の声は三味線の弦の気の音。日本人が大切にしてきた宇宙観が丹田を引き締めながら、響きます。

3　祈りの呼吸

Male, Female, Mer

「海の道」加古隆『予感』より
ESCK—8040　EPIC RECORDS　1998・8

声はひかり
ひかりは声

響きのきらめきが
　海をこえる
はじまりの　声が
天より　降りてくるとき

「ヴォカリーズ」という歌詞をもたない曲がより詩らしいという不思議。〝響き〟は万物の生命の源です。オレグ・リアベツのmale《メール》 soprano《ソプラノ》は、女性のソプラノにない力強さ、崇高さを持っていて「父なる神」から与えられた響きのようです。

聲

「輪唱歌」アディエマス『聖なる海の歌声』より
VJCP—25180　東芝　1995・5

マリア　それは　大地の聲
マリア　それは　風の声
マリア　聲が伝える　声が光る
ひるがえる樹々の葉を
みつめる　すべての母が　土より立ちあがる

「光の姉妹」という朗読デュオを結成したのは一九九八年。初めて朗読したのが「聲」でした。声と聲が重なる美しさ、奥行、重層感は、エンヤやアディエマスのオーバー・ダビングという手法からヒントを得たもの。内なる声は不思議なことに何層にも響き合っているのです。

「山河」東儀秀樹『東儀秀樹』より
TOCT—9340　東芝　1996・1

波

波がゆき
　雲がゆき
季節のにおいがゆき
　雪が　ふりつもるとも
ながれつづける
　いのちの和音が　秋津島《あきづしま》

あきづしま＝日本国

東儀さんの説明によれば、笙《しょう》は「天からさしこむ光」、篳篥《ひちりき》は地の声にあたる「人間の声」、龍笛《りゅうてき》は、天と地の間を泳ぐ「龍の鳴き声」を表しているそうです。天と地と空、つまり宇宙。この詩は、ヨーガの呼吸法から生まれました。ヨーガの宇宙観と古代の日本の宇宙観はどこか似ています。

Earth Love

「合唱曲Ⅳ」アディエマスⅡ『蒼い地球の歌声』より
VJCP—25257　東芝　1997・1

しずかにたちつくす

石のまえで
　何も言わず　たちつくす何万年
　ひとすじの祈りの光が降りてくるまで

エンヤを「北の歌姫」、ミリアム（アディエマス）を「南の歌姫」と秘かに呼んでいます。それらは時に陰となり陽となり、合わさって、地球という宇宙という大きな調和を生みだしているように感じます。ミリアムの声は、いつも大地からのエネルギーを運び、土にひざまずいて祈りたくなるのです。

4　アジアの呼吸

草声《そうせい》

「果てしなく広い草原」デヴィッド・ミンユエ・リアン
『チャアリンダアル〜モンゴルの讃歌』より
PRE—0702　プレム　1998・1

草原が産んだ
風　風　風の馬たち
何万頭　かけぬける
　生命より濃い　朝焼けを
声は燃えて　草原を吹き抜ける

「ホーミー」という独特の唱法を今も持つモンゴル。春の息吹を感じたところ、突然私の頭の中に流れてきたこのCD。モンゴルを旅したことのない私でしたが、CDから草の香りが漂ってくるようでした。節回しなど日本の民謡と共通するところもあり、遠く祖先はつながっているのかもしれません。

ぱぃぱてぃろーま（南波照間《みなみはてるま》）　三絃《さんしん》自作伴奏曲

沖縄に旅して以来、その音色に惹かれ、習い始めた三絃《さんしん》（沖縄の三味線）。その伴奏で朗読を試みてみました。楽器は風土というべき〝土地の匂い〟と密接です。三絃《さんしん》は、南国の風と海の音を弾きだすから不思議。

市場《まちぐゎー》

「糸満姐小《いちまんあんぐゎー》」沖縄民謡『しまうた伝説――琉球弧の響き』より
VICG―5475　ビクター　1997・3

サバニ帰れば
　サーソイソイ
三絃《さんしん》片手に　海ばたで
　唄うよ　泡盛　呑め呑め
指笛ふいて　サーソイソイ

サバニ＝沖縄のすぐれた漁船

糸満は那覇の南西にある漁港の町。「糸満姐小《いちまんあんぐゎー》」とは男の採った魚を那覇へ行商にゆく女性のこと。躍動感のあるテンポの速い大漁歌。身体が思わず動きだします。朗読を試みた詩のなかで三才の娘のお気にいりでした。子供にも沖縄パワーは伝わるのでしょう。まもなく「市場《まちぐゎー》」にオリジナル曲がつく予定です。

5　いのちの終わりへの呼吸

ゆるやかな眠り

「To Go Beyond（Ⅱ）」エンヤ『ケルツ』より
WMC5―561　WEA　1987

湖水に浮かぶ　草の小舟
だれが　乗っているのかしら
時が　しずかに眠っている
ゆるやかに進んでゆく　草の小舟
風のささやきを受けて

「楽器の好み」というものがあると思います。一人ひとりが心地よいと感じる楽器は、その人の呼吸や波長とつながっているもの。この曲では、私の好きな弦楽器（ここではバイオリン）がゆるやかな時の流れのように使われています。エンヤの声の響きが霧のように耳元へベールをかけて、私は〝現在《いま》〟という時間を忘れてしまいます。

雪聖夜

『ビジョン全編』ヒルデガルト・フォン・ビンゲン『ビジョン』より

TOCP—8517　東芝　1995・2

夜　天より来たる　光を見る
ひざまづき　光を　両の手にて受く
そして　異国の果てまでも　光を伝えるべし
これぞ　主より与えられし　役割

「ヒルデガルト・フォン・ビンゲン」一〇九八年ドイツ・ラインの生まれにして幻視者、修道院長。膨大な著作、幻影と予言の著作、音楽、詩、自然科学、医術……。八十一歳で亡くなるまで、彼女は多くの仕事を残しました。タイトル「VISION（幻影）」が語るように神秘性の強いCD。夜一人で聞いていると、ちょっと自分がどこかへ行ってしまいそうで恐いですが……。ビンゲンのCDは「セクエンツィア（中世音楽アンサンブル）」（ビクター）によるものもでています。いずれにしても中世ビンゲンの音楽を現代に甦らせてくれるのは、ありがたいことです。

零

「アダージェット」グスタフ・マーラー『交響曲第五番〜第四楽章』より

有名な曲なので色々なCDが出ていると思います

森をぬけてほのぐらい湖にでる

朝はまだ明けようとしない
白い鳥が一羽　渡っていった
光のみちびきが降りてくるまで
ここで待てばいい
ここは死よりしずかな　ところなのだから

ビスコンティの映画『ベニスに死す』に使われた曲です。でも私には大好きだったバレエダンサー、ジョルジュ・ドンが踊った「アダージェット」（モーリス・ベジャール振付け）の曲というほうがぴったりします。光と陰と死の淵を歩いているようなマーラーのこの曲は、聞くたびに胸がいっぱいになります。

Inner Light

「Breathe　呼吸」レスプリ『ランゲージ・オブ・タッチ』より
PRK—0002　プレム　1989

呼吸　それは　いのちのひびき
呼吸　それは　光のひびき
息吹のうちに　まわっている星々
生命の　循環は　ひとつの息となって
樹々をきらめかせ　海をゆらせる

レスプリはイギリスのニューエイジ・デュオ。ゆったりとした曲調は、リラクセーションにはぴったり。この曲では、女性の呼吸音が効果をあげています。整った呼吸の音はとても美しいもの。ときにはご自分の呼吸の音に耳を傾けてみてください。生命の音色が聞こえます。

呼吸する詩　アルファ　風　光る

「カリビアン・ブルー」エンヤ『シェパードムーン』より

WMC5—450　WEA　1991

呼吸する詩　オメガ　光守《ひかりもり》

「Emotion」レイクワンスィア（電光夏）『時の詩』より

PRE—0701　プレム　1996・10

ここに取り上げましたCDは、私が詩作と朗読に使ってきた音楽の一部です。ヒーリング・ミュージック、ニューエイジ・ミュージック、スピリチュアル・サウンド、アイソトニック・サウンド……など呼称はさまざまですが、私は「有機的《オーガニック》音楽《ミュージック》」とひそかに呼んでいます。スピードの時代、二一世紀がロックの時代であるとしたら、これらの音楽は世紀を越えて私たちに大切な何かを語りかけているように思います。祈りの光のメッセンジャーとして。

光守《ひかりもり》

ふりそそぐもの
しずかに　しずかにふりそそぐもの
空より　ふりそそぐもの
いくねんも　いくまんねんも
青く　あおく　ふりそそぐもの
つよくつよく　ときに花はあった
　そのように
光として　わたしたちも降り立ち
光を守るからだを　赦され
　立っているそこは
しずかに　しずかにふりそそぐものを
胸元へ　受け入れ
わたしたちが見えなくなっても
雪のように
　花のように
　　ふりつづく　ふりつづく　光に埋もれていく

時野　慶子（ときの　けいこ）
詩人。詩集『水のプラチナ紀』（思潮社）にて、第35回中日詩賞新人賞受賞。詩の講座「ミルテ」「やさしい詩《ポエム》」ほか主宰。朗読デュオ「光の姉妹」の一人として詩の朗読活動を行っている。
現住所：〒468-0021　名古屋市天白区天白町平針住宅8-86

長谷川　曜大（はせがわ　てるひろ）
芸術家。1962年名古屋生まれ。名古屋で3回個展を開催。1999年名古屋の古書店「孤島」で行われた時野氏の朗読会「声　こえ　聲」にてオブジェ展示。愛知県木曽川町在住。

光呼吸
— オーガニック・ポエム集 —

2001年7月27日　初版発行

著　者　時野　慶子
装　幀　谷元　将泰
発行者　和田　平作
発行所　今日の話題社
東京都品川区上大崎2-13-35 ニューフジビル2F
TEL 03-3442-9205　FAX 03-3444-9439
組　版　初木　葉陽
印　刷　株式会社トミナガ
製　本　ヨシヒロ
用　紙　神田洋紙店
ISBN4-87565-520-7 C0092